春天奏鳴曲

郭鴻韻

在春寒中

結了霜的葉子歡呼著迎接朝陽

目　次

作者序

我這輩子最大的遺憾，大概是沒有什麼不良的嗜好吧！

我不抽煙，不喝酒，不玩牌，不大吃大喝，不愛逛街，偶而喝點茶或咖啡，但都不成為癮。

少了很多生活中的樂趣，別人也以我為無趣。

我不說假話，我不說虛話，我不奉承迎合，我懶於應付世間的人情世故。

因此我的生命充斥著挫敗與困頓，常處於落寞之中。

對於名與利，人世間最重要的兩大不良嗜好，我倒是處之淡然，甚至還恐懼它倆成為拘囚我的牢籠。我埋怨上帝，因為祂詛咒人類永世在塵土裡打滾，不得飛升，但我的名利心淡然，因此我比較輕，可以飛到樹梢。

現在，我坐在樹梢上，瞧！大地群樹蔥翠，草野綠波騰躍——春天來了！

春天，我來了！

郭鴻韻

I 小歇

告別下大窩

清晨，我悄悄來到下大窩。

沒有一絲哀傷，我輕聲對它說再見，是的，我將向西飛去。

這時的山谷，還在夢與醒的邊緣徘徊。

「大家早、大家早、大家早……」

隱身在濃蔭中一隻不知名的鳥，殷勤地向早起的人們問好。

在田裡尋尋覓覓的牛背鷺，紛紛振翅驚起。

「嘿！不要走，我是你們的朋友哪！」我呼喚著牠們。

但牠們不理會我，全飛上了高樹的枝頭。

牠們畏懼異類，和人類一樣。

我逐步走入山谷的心——

山芙蓉在醉倒墜地之後，形容枯槁，但現在呢？興緻高昂地為了冬季的嘉年華會而妝扮著自己。

慘遭農人芟除的含羞草也回來了，在路邊處處可見它們輕靈的身影；向日葵也紛紛冒出了頭，它們一直是昌盛的家族，不久之後將挺直腰桿，綻露笑臉，熱鬧一整個夏天。

鍾家的菜園，現在由稻草人看守著。

南瓜還沒有走得太遠。

再見了山谷，你永遠不死，除非這個美麗的藍色星球熄滅。

寄寓可以居

自從屈原賦〈卜居〉自明心跡以來，歷朝各代文士多作〈卜居〉詩以自抒懷抱，南宋晚期高翥（1170-1241）幽懷不與世人同，他不屑舉業與官場，終身白衣，所作五言律詩述其雅愛如下：

結屋離黃道　開門對白沙
一莊千古月　三徑四時花
客至旋沽酒　身閒自煮茶
相聞蟲鳴外　不復聽喧嘩

此中情趣，不正是我所居之小屋的寫照嗎？

我暫寓於此，閒時煮茶，客來飲酒（咖啡），聞蟲鳴鳥語起落，觀四時花開花謝，賞中天皓月，讀古今奇書……。

為它取了個尚稱順口的名字——〝可以居〞，自號為〝可以居寄客〞。

唐代劉禹錫有陋室，撰〈陋室銘〉謂〝**南陽諸葛廬、西蜀子雲亭**〞，今我有小屋，屋雖淺窄，但情趣無窮。

可愛的鄰居們

　　我有很多可愛的鄰居—

　　首先是黑山羊〝阿福〞，因為牠吃花的宿行劣跡（但是羊吃花不是最自然不過的事嗎？），所以常被主人關禁閉，外出時脖子上還得戴著一只臽水盆（如同電子手銬），凡所行經之處，叮噹作響，有便於主人聽音辨位。

　　瞧！阿福現在蹓到我家的門口了。

　　最近誕生了一批獨角仙，牠們是從泥土裡爬出來的，一隻隻先後全攀上了光臘樹，可預期的未來是：在夏天過去之後，牠們終將回歸所從出的大地。

　　米老鼠掛在樹上（桂葉紅梅所結的果），既不唱歌，也不跳舞，它們張著嘴，露出白森森的牙齒嚇嚇人，模樣逗趣可愛；但米老鼠的舞臺生涯也不長久，只要秋天一過，它們全都要下臺謝幕。

　　現在，我佇立在小屋的窗前遠眺，金燦燦的陽光普照大地，適才有兩隻鵝一前一後地攀上山坡，牠們是公鵝和母鵝，一對恩愛的夫妻，我曾經冒然地想加入這個小小的世界，卻被牠倆惡言相向，令我狼狽而逃。

在小屋的右前方是一畝荷塘，盛夏時荷花如一具具潛望鏡悄然從水中升起，花香四處散逸，惹得蜜蜂、蚜蠅、蝴蝶、蜻蜓……如痴如醉；黑山羊阿福不知節制，很不客氣地吃掉了好幾朵荷花，犯了眾怒，以致被關了好幾天禁閉；夜裡群蛙鼓噪，不知道鴨子一家作何感想？牠們就住在荷塘的中島上。

　　一個迷你蜂窩吊掛在我的前門上，二十隻左右的蜜蜂每日忙進忙出，後來牠們遷移它處了，是因為我的侵入嗎？牠們留給我一只空盪盪的迷你蜂巢，但我無福受用。

　　耳邊突嗡嗡作響，蚊子，蚊子，蚊子，蚊子大軍來襲了！

奇幻國

這裡是奇幻國！

所有的植物都具有神奇的妙效—

有的會讓你變大，有的會讓你變小，有的會讓你變胖，有的會讓你變瘦，有的會讓你變薄，薄得像一張紙片人。

瞧！這隻兔子，牠不小心把自己變大了。

牠走不出家門，牠的頭就卡在門上。

「喂！兔子，你吃了什麼？把自己變得這麼大？」我對牠大喊。

「是誰？誰在對我說話？」牠骨碌碌地轉動著眼睛。

「是我！你的好朋友，我不小心把自己變小了，結果我掉在自己的鞋子裡，爬不出來。」我沮喪地對牠說。

「哇！你吃了什麼？變成這樣—」牠睜大了眼睛。

「我吃了一種叫作〝七日暈〞的樹葉，結果—」

「哈哈哈！那麼七天之後，你就會變回原狀了。」

「我得在自己的鞋子裡待上七天嗎？」

「恐怕是的。」

「那麼兔子，你吃了什麼？」

「我吃了一種名叫〝百日暈〞的小草。」

「那麼你得足不出戶一百天囉？」
「我想，恐怕是的。」

這裡是奇幻國！
所有的事物都具有〝不合理〞的尺寸。
但是，什麼是〝合理〞呢？

花蓮火車站

「別吵了！大家在這裡集合，我要點算頭數—」

「1、2、3、4、5、6，噓—別再吱吱地吵了！」

「1、2、3、4……，唉，再來一次。」

「1、2、3、4、5、6、7、9、10、11、13、14、17。」

「站長，我要買 17 張火車票。」

「在哪一站下車呢？」

「啊？我不知道耶。」

「你們要去宜蘭方向呢？還是台東方向？」

「哇—這我不清楚呢。」

「真傷腦筋，你們這一大夥究竟要去哪裡出遊？給我一個明確的地點呀！」

「明確的地點？明確的地點是太魯閣。」

「噢，那麼不必買票了，你們哪也不必去，走出月台就是了。」

不乖的兔子

在禁閉室裡，關著一隻小白兔和一隻小灰兔。
木牌上寫著：牠們是不乖的小兔子。

一隻兔子究竟能作出多大的壞事呢？
打架？搞破壞？離家出走？……

看哪！鐵柵欄外是繁華茂盛的花園；
唯獨牠倆，不能嗅聞陽光下的花香。

看看這純真、可愛又無辜的面容─
主人啊！趕快把牠們放出來吧！

裝死的兔子

有一隻非常特殊的兔子，因為牠長得比其他的兔子都來的壯碩，因此獨自住在一棟別墅裡。

在別墅的門牆上，掛著一面醒目的紙牌，上面書寫了四個大字— 餵我吃草！

多麼簡單而明確的願望啊！

沒問題，我和朋友環顧左右，拔了幾叢嫩綠的草莖，歡欣地餵食這隻尊貴的兔子。

但才吃下去五、六根草莖，這兔子竟突然倒臥在地，抽搐了幾下，徐徐閉上眼睛，不動了。

「啊！怎麼了？怎麼了？牠死了？這草有毒嗎？」我和朋友驚駭地大叫。

我急急去尋兔子的主人：

「那兔子、那兔子、那兔子……」

我緊張得舌頭打結，說不出話來。

主人快步走來，看了一眼，微微一笑，說：「正常。」

原來是一隻裝死的兔子。

向後轉

在一個月之前，一窩七隻小鴨破殼誕生了，牠們長得很快，每天清晨打開鴨籠時，七隻小鴨飛奔而出，很明顯地身量又大了一寸，都快和成鴨一般大了，只是身上還披了一層幼稚的胎毛。

今天早上，我看見小鴨子們歡快地在池塘裡戲水啄食—

「一、二、三、四、五、六，咦？」

我來來回回地點算著，怎麼少了一隻呢？我四下張望，聽見從池塘邊鴨籠裡傳來小鴨焦急的叫聲，那是失蹤的第七隻！牠背對著敞開的門，一個勁地向前衝，但是鐵柵欄擋在牠與池塘之間。

牠把自己困在籠子裡。

恐怕牠把自己撞得頭破血流，甚至腦震盪，我大聲喊著：「停！停！停！向後轉！」

回歸幸福快樂的生活就這麼簡單：停，向後轉。

但牠聽不進我的話，牠不知道敞開的大門就在背後。

我去告訴了養鴨的主人，半小時之後當我再經過池塘時，靜悄悄的，小鴨們都吃飽了、喝足了，也玩累了，牠們在池塘邊打著盹。

「一、二、三、四、五、六、七，全員到齊！」

寒流

當寒流來襲時
三隻小鴨—
只能走近彼此、相互取暖了！
但若只有一隻小鴨呢？
哦，那麼牠只好靠自己了。

我們仨

「我聽見主人說——」

「說什麼？」

「等我們長大了，不再需要爸爸媽媽的保護了，就要把我們移送到另一個他方。」

「呱，會是什麼地方呢？」

「各種不同的雞鴨混居的小型社會。」

「和這裡有什麼不同呢？」

「充滿著喧鬧聲，而且你得搶食物、爭地盤，單打、群毆更是家常便飯。」

「呱呱呱，太可怕了！我不要去！」

「身為家鴨，沒有選擇的權利，只能接受安排。」

「嗚～那會是什麼時候呢？」

「快了，你沒看見嗎？主人昨天又帶回來五隻鴨寶，現在被關在育嬰房裡，等我們離開之後，牠們就會住進這個寶寶的樂園。」

「嗚～我好害怕喲！」

「我也是，這是我們不能改變的命運嗎？」

「是啊，除非——」

「除非？」

「除非像我們的祖先，翅膀長得夠大夠硬，不需要主人和樂園，凡是有水草的地方便是家，雖然沒有家，卻處處都是家。」

　　「到處流浪，不是很辛苦嗎？」

　　「是啊，還是作家鴨吧，家鴨也有家鴨的樂趣呢。」

　　「可是──」

獨角仙的輓歌

兇殘的七月終於離開了，酷烈的八月的腳步又重重地踩踏在大地的胸口。

一個多月以前，獨角仙從泥土裡鑽了出來，牠們一個個爬上了光臘樹，進行著生命的儀式；現在牠們全都回到了出生的土丘，卸下生命的重擔；獨角仙也有靈魂嗎？牠們的靈魂還會繼續不斷地轉世嗎？或是上帝也為牠們預備了獨角仙的天堂？

最近走過公園，靜悄悄的，沒有看見生澀學飛的幼雛，曾在此辛苦築巢的黑冠麻鷺全不見了蹤影，發生了什麼事呢？

所羅門王說：虛空，虛空，虛空的虛空，凡事皆是虛空。

黑冠麻鷺啊！一切都是徒勞無功嗎？

當我沈睡在夢鄉時，當我大啖美食時，當我坐在樹蔭下捧讀著書本時，當我正享受著生命的歡愉時，在不知不覺間卻發生了這麼多悲傷離異的事。

一隻公雞和另一隻公雞

一隻公雞，遇見了另一隻公雞，會發生什麼事呢？

首先，牠們會隔著相當的距離，昂首闊步，繞行在草地上，接受圍觀者的歡呼，同時偷偷瞄著對方。

然後，牠們步履矯健地走向彼此，假裝左顧右盼，事實上是在打量著可敬可畏的對手，嗯，牠們正在醞釀著某一種情緒，一種戴奧尼蘇斯式迷狂的心神狀態。

好戲終於上場了！兩隻公雞面對面，微屈著下半身，額頭頂著額頭，這不是〝相撲〞的儀節嗎？接下來是幾回合的肉身近搏，但分不出明顯的勝負。

那麼，換一套戲碼吧—〝蒙古摔角〞，兩隻公雞還是微屈下半身，額頂額，突然同時發難了，撲啊！啄啊！一陣死纏爛打。

停！接下來是〝泰拳〞登場了，泰拳似乎是〝戰神〞（那隻花公雞在擂台上的諢名）的強項，牠一再地凌空躍起，飛踢〝閃電〞（另一隻白公雞的諢名）。

草地上散落著花羽毛、白羽毛，兩隻公雞都受了一點皮肉傷，但是無妨，牠們心情愉悅，興緻高昂。

真是美好的一天！

想飛的鵝

呀然一聲長鳴，響徹虛空
翻飛倒退的雲
移動的風景
一行身影
輕盈地劃過大地的心

我們乘著風、乘著雨，與太陽同行
饑與渴，如寒霜屢至
無有止境的疲累
深不見底的孤絕
阻絕不了長空下的遠行

埋藏在羽翅下的溫暖
兩翼綴著星光
愛的無聲的凝視
讓我們飛向跨越天際的彩虹
彩虹的盡頭，是夢土

所羅門王的審判

這裡有四隻鵝，地面上躺著兩個蛋。

四隻鵝互不相讓，都說自己是兩個蛋的主人。

牠們請來了智慧蓋世的所羅門王。

王說：「有兩隻鵝是公鵝，必然生不出蛋，另兩隻鵝是母鵝，都有可能是蛋的主人—」

所羅門王縐著眉頭，臉色暗沈，但不費多時，烏雲散盡，他微笑著說：

「一隻母鵝可能生出雙黃蛋，但不可能同時生下兩個蛋，所以兩隻母鵝各擁有一個蛋，但不能像人類的醫院那樣，鬧出抱錯嬰兒的笑話，我得驗一下 DNA —」

說到這裡，宰相—也就是在下我，端出一管巨大的針筒。

兩隻母鵝嚇壞了，牠們各自啣起自己那尚未出生的寶寶，逃之夭夭。

懷念晴空麗日

苦雨不停，這世界像是浸泡在水裡。

突懷念起半個月之前的晴空麗日了，那時候黑山羊阿福自由地漫步在伊甸園裡。

當牠遠遠地望見我這闖入者時，立刻向著我小跑步而來，牠搖著尾巴，蹦蹦跳跳地轉著圈子，以各種不同的角度看著我，除了上仰、下俯之外，牠的頸子還可以旋轉 360 度呢！

記得從前讀歷史，三國末期的司馬懿將軍，頸子可後轉180 度，說是狼顧之相，具此相者其人性格奸險無情，但這是人類的說法，人類作不到的而動物大多可以。

阿福還會因為我的到臨而胃口大開，牠輕輕咬著我的衣角、我的鞋帶，但牠不會吃掉我。

牠咧著嘴，微笑著，露出潔白平整的牙齒。

「嗚—嗚—嗚—」有時牠會發出輕靈細小的叫聲。

有時牠也會愁鬱不解，咩～咩～咩一聲聲地呼喚著，不是因為壞天氣，而是因為牠的寂寞。

燭與詩

以一縷燭火的溫度
與詩人顫動撲朔的靈光交映
我昂然升起，從濕且冷的深井
飛往南方古老修道院的花園
赴一朵玫瑰的約會

清幽的午後

　　我躺在沈思沙發上，還來不及起動什麼心念，就不知不覺沈入了宇宙的黑洞，據說以黑洞密度之高，連時間都無法穿越，時間消失在黑洞裡。

　　一覺醒來，已是兩個小時之後了！

　　竟連一個夢也無，莊子說〝至人無夢〞，可見我這場午覺品質之精純，以致多日來的睏倦一掃而空。

　　想起了那句好話──〝午眠一覺茶三碗〞，煮水沏了一杯烏龍，逸出的茶香，隨著柴可夫斯基〈茶之舞〉的樂音而裊裊起舞。

　　我踱上山丘，坐在紫色的涼亭下，臨風展讀朱光潛先生的《欣慨室文集》，他談到〝曲終人不見、江上數峰青〞，關於〝散滅〞與〝永恆〞。

　　莫札特應邀而至，他的音樂極適合清幽的午後，聽！豎笛清越的音符穿流過草地，也掛在隨風搖曳的樹梢上。

　　在山腰，黑山羊阿福咩～咩～咩地哭訴著牠的寂寞，我無法充耳不聞，於是我收拾書物，步下山丘，阿福看見我，高興地叫了兩聲，那兩聲不像是羊類所發出的聲音，倒像是人類的。

　　猜猜看：阿福對我說了什麼？

花開花落

攀上山丘，見落紅點點，突浮現出〝胭脂淚、留人醉〞六字，遂徘徊流連於此，不捨離去了。

六字出自南唐李煜詞〈相見歡〉—
林花謝了春紅，太匆匆！無奈朝來寒雨晚來風；胭脂淚，留人醉，幾時重？自是人生長恨水長東！

寫櫻花最有情有淚的，當屬清末民初詩僧蘇曼殊—
春雨樓頭尺八簫，何時歸看浙江潮？
芒鞋踏破無人識，踏過櫻花第幾橋？
蘇曼殊是詩僧，是情僧—〝無端狂笑無端哭、縱有歡腸已似冰〞，卒年止得 34 歲，如一瓣春櫻之飄落。

眾人但看她枝頭笑，不見伊人憔悴獨傷懷。

荒煙小徑

「停！」在森林的入口，一棵樹伸出它的腳，阻擋我的去路。

「為什麼？」

「你不屬於這裡，這是蠻荒險域。」它威嚴地對我說。

「可是，會有什麼危險呢？」

「蜘蛛會纏上你，蚺蛇會盯著你，成群的蚊子會讓你抱頭鼠竄—」

「我會避開蜘蛛的網罟，天氣這麼寒凍，我會放輕腳步，不去驚擾蚺蛇的沈睡，至於蚊子嘛，早就無影無蹤了—」

「那麼，你不怕水蛭嗎？」

「哦，我的天！這個嘛，我想我會遠離沼澤與濕地。」

「為什麼？你一定要進入森林？」

「因為我的靈魂早已乾涸，我要去尋找傳說中的聖女之泉。」

我跨過它的腳，走入了森林。

林中水塘

密林裡藏著一個池塘，蕪雜而孤獨。

「太可惜了，讓我們動手整理一下吧，至少闢出一條環岸的步道。」同行的朋友興緻盎然地說。

「但它可不是為了你而存在啊！在水中，在樹林間，在空氣裡，有眾多的生命在這裡消消長長、來來去去，儘管你看不見，也聽不著。」我沈默地抗議著。

池塘裡躺著樹的殘枝斷幹，靜靜地，等待著消融在時間裡。

詩人里爾克（Rainer Maria Rilke, 1875-1926），在 1926 年給俄國女詩人茨娃塔伊娃（Marina Tsvetaeva, 1892-1941）的信中如此寫道：我覺得自己像是樹的一根乾枯的斷枝—

在那年的年底，里爾克因白血病去世了。

詩人沒有說自己〝像一棵樹的頹然倒下〞，那又是另一個完全不同的象徵了。

思及此，我會心而笑。

池中相會

在一串唧啾的鳥鳴之後，
一棵老相思樹幽幽地說：
你與我，相距何其遙遠！
讓我們在池中相會吧。

天空和雲和樹紛紛投影水中，
它們在池中相會、搖曳…
以寂靜交談、小睡片刻…
直到晚風吹起—

雨中囈語

就拿幾天前看見的這隻蜜蜂來說吧,當時牠把頭深深地埋進花心裡;後來我查了圖鑑,牠是雌性的細腰蜂。

據說最低階的生物,如單細胞生物是無性的,它們靠吞吃與融合來壯大並繁衍自己;高階的生靈(此不稱生物,因為沒有物質性的承載體)也是無性的,例如天使,祂們是一團有意識的能量光;中階的生物,例如這隻細腰蜂、狗、貓、羊、兔子⋯⋯還有人類,是有性的,不上不下,處於危機中,也帶給別的生物重大的危機。

佛教說出生的方式有四種—濕生、卵生、胎生、化生。

單細胞生物是濕生,細腰蜂是卵生,人類是胎生,天使是化生。在北極有一個神祕的國度,具男女二性,若兩情相悅,只需目視便可產下子女,不知應歸屬那一類?可見宇宙之大,眾生之奇,非你我井蛙所能想見。

人類自稱為萬物之靈,但真確地說,應是濕生、卵生、胎生三眾中最為靈慧者,比下綽綽有餘,比上遠遠不足,在生命的進程中只走到中途。

瞧，這隻細腰蜂把頭埋進花心，動也不動，在做什麼呢？

牠在啜飲著花心裡的蜜汁，那是維持生命之所必需——

對於這一點，身為人類的我十分了解，因為人與蜂等同。

至於說到細腰蜂為什麼在胸腹之間有一如此之細腰？我則百思不得其解，或許連細腰蜂自己也不明白吧。

我不是也不明白自己嗎？

漫步在雨中，心中的思緒越抽越長，如眼前無邊無際的絲雨。

生命的歡愉

　　四隻鵝排成一列縱隊，邁著大步從我窗前走過，我按捺不住好奇心奪門而出，追隨牠們而去，呵！原來這是牠們的嬉水時間呢。

　　就在十分鐘之前，我讀到書中的兩句：只有高等生靈與低等生靈，不會因為有趣的人事物而笑。站在荷塘邊，我思惟著書中的文句─為什麼會因為有趣的人事物而笑呢？

　　〝有趣〞，這是文化的範疇；那麼〝笑〞呢？或是出聲的笑呢？是因為生理上唇舌等發聲器官的結構吧。

　　我確實看過狗的笑，狗的臉上堆滿了笑意，牠的笑不是因為看見了什麼有趣的人事物，而是從心裡湧出的幸福感，牠不會咯咯地笑，也不會笑得滿地打滾，牠的笑是無聲的、靜肅的，像池塘裡漾起的一圈一圈的波紋，牠的笑具有一種默然的感染力。

　　看著這四隻鵝，潑濺著塘水，伸展著、拍打著翅翼，牠們好開心哪！但是牠們並沒有發出像人類那樣咯咯的笑聲。

　　笑著的是我，因為我欣賞到有趣的情景，因為我在鵝無聲的歡愉裡。

含蒴的蓮蓬

是淋浴蓮蓬頭？
電話的聽筒？
留聲機喇叭？
悄悄由水裡伸出的潛望鏡？
還是發報器與接收器？
聯結著遙遠的星空—

好鬥的公雞

「那兩隻好鬥的公雞被殺了。」出國一個多月之後回來，學生 S 君告訴我。

「啊！為什麼？」我大為驚駭。

「因為牠們總是打個不停，搞得羽毛散落，遍體鱗傷。」

我想起來了，早在一個多月之前就聽見雞的主人說：「唉，煩死了，想把牠們宰了！」

我曾為牠們求過情，但好鬥成性的公雞還是雙雙同歸於盡。被作成了香草燜雞？入了主人的胃腸？我曾為牠們拍攝不少雄姿英發或彼此啄咬的照片，但現在全成了遺照。

想起童年時代所看的書《猛牛費地南》──

當別的小公牛都在牧場上蹦蹦跳跳、舐來舐去時，費地南卻喜歡獨自坐在一棵橡樹下，嗅聞著花香。

後來牠長成威猛的大公牛，被送去馬德里的鬥牛場，不管鬥牛士如何的挑釁，觀眾如何的鼓噪，費地南只是靜靜地坐在鬥牛場的地上，怡然自得地嗅聞著由四方撒下來的鮮花。

最後費地南被送回了牧場，牠一如往常地坐在老橡樹下，嗅聞著花香，非常非常地快樂。

菊花與山羊

在我的小花園裡，一欉欉菊花正盛開著——

朝飲木蘭之墜露兮、夕餐秋菊之落英（屈靈均）

採菊東籬下、悠然見南山（陶淵明）

落花無言、人淡如菊（司空圖）

秋深時節，寒霜屢至，眾芳皆搖落為泥，唯有菊花欉欉綻放；至冬寒菊花凋萎了，它仍然高踞枝頭，絕不下墜塵泥，與世同流合污。

菊花如此傲骨，故被尊為〝節士之花〞，同時它也擁有〝隱者之花〞的清名，因為性愛丘山、不適俗韻的隱者陶淵明，獨愛它的素淡與雅靜。

陶淵明往往採擷菊花盈懷，作何用呢？

插於瓶缶之中？

暢飲菊花茶？或拏來釀製菊花酒？

菊之為花，流逸清芬，插於瓶缶可醒人神思；若是喫菊、飲菊可利氣輕體，壽至百歲，或竟不老不死，飛昇成仙哪！道家傳說有一隻紫色的小兔子，牠喜歡喫菊花，而且牠只喫菊花，結果牠成仙了，人們尊稱牠為〝菊道人〞。

瞧！黑山羊阿福朝著我的小花園踱來了。

牠停住腳步，低頭嗅聞著菊花的清芬，張開嘴，正要咬下其中的一朵，突然牠停住了──

「怎麼了？阿福，你不是愛吃花嗎？」一欉菊花柔聲問牠。

「我，過幾天再來吧，那時你的花已經凋謝了，你不會再需要它們了。」原來阿福是不忍心。

「不，請你吃下我最美的一朵花吧！」欉菊如此懇求著。

「可是，為什麼呢？人們願意送出去的，通常是自己不再需要的。」阿福很詫異。

「我願意以自己生命中最美好、最珍貴的，與你共享。」欉菊真誠地說。

「可是，如果我吃掉了你的花，你會痛嗎？你會死嗎？」小山羊遲疑著，牠還是不忍心。

「會有一點痛，但我不會死，而且因為與你共享，我的生命將更為豐美。」

「真的嗎？謝謝你──」

阿福選了一朵鮮美的菊花，細細咀嚼著這美好的禮物。

逐出伊甸園

　　忘不了那三隻已經長大、被送至山谷集中營的鴨寶寶們，所以頻頻前往探視。

　　牠們仨總是瑟縮在營區的角落，三不五時就被兇悍的雞啄咬一下；營區中央的池塘又小又醜，水裡既沒有天空，也沒有雲和樹，大多時牠們的臉朝向圍籬外，痴痴地望著，我知道：牠們想念著從前安樂的日子。

　　突然間，我省悟了——

　　亞當和夏娃之所以被逐出伊甸園，或許不是因為偷吃了禁果，而是上帝認為他們走出伊甸園的時機已然成熟，他們得體驗生命中的一切，包括生老病死、愛恨情仇。

　　所以，我們都被遣送到這小小的圍籬世界，體驗著生命的進階課程。

自由太短，而生命太長

一隻小毛蟲，邁著步伐，疾行在地面。

「真像一隻長毛臘腸犬呢。」我心想。

但我立刻收回了這樣的想法。

（不論是小毛蟲還是小臘腸犬，或許都只想作自己。）

小毛蟲的視域很薄弱，所以牠的宇宙和我們不太一樣。

牠的宇宙是一條窄窄、小小、圓圓的管子。

既沒有地平線，也沒有海平線，更別說是雲朵啦、星星啦……。

「多麼單調無聊。」我心想。

不過，偶而牠也會從管子探出頭來，那是牠破繭而出、化身為蛾的時候─

「哈！我可以飛起來了！」牠歡呼著。

但牠不知道─

牠的脫出，是為了要回到那既無起點、亦無終點的宇宙。

自由太短，而生命太長。

祈禱

聖潔的白衣少女雙手合十
向黎明女神祈禱—
我願無垢無瑕，行走世間

告別可以居

再見了，可以居
我將懷念你
蜉蝣朝生暮死，蟬七日
我在此經歷了一個春、夏、秋、冬
現在，我必須重新上路了—

II 行走

宇宙漫遊

在夕陽的餘暉中，或是在逐漸突破烏雲的晨曦裡，誰知道呢？沒有分別，沒有絕對的方位。

我回來了，在幾光年之後，或是在一瞬間，我不是那麼確定，沒有絕對的時間，沒有絕對的時間計量單位。

我回來了，駕駛著我的星際飛行器，減速，俯衝，地球看起來是奇異的古怪，矗立著無以計數的尖突物，我要在哪裡著陸？

離開了一段時間，我在宇宙漫遊，現在我腦中的記憶大到無以復加，混亂無序，但是現在的我得集中心神，因為愈來愈接近地面了，我得避開這些密密麻麻的尖突物。

嘿，你，我想告訴你宇宙的祕密，但是你在哪裡？我在時空的羅盤上探測不到你的存在，或你已回歸到己所來處，微笑著，看著我的跌跌撞撞，栖栖皇皇。

因此你不在這裡？我最好拉高我的飛行器，盤旋在烏雲之上，那裡散布著光閃閃的群星，每顆星星都有一個美麗的名字與說不完的故事；眼下這顆暗沈沈的星星，既陌生又熟悉，我不該輕易掠過，找個適合的地點著陸吧！

我降落了，那是在地球第三度文明的紀元 1954 年 1 月 29 日 9 點 12 分。

交會

「我的靈魂是西方的，第一次投胎到東方來。」
「我的靈魂來自於外星，第 N 次來訪地球。」

酋長的考驗

在這個峽谷裡，乾枯！焦灼！酷熱！放眼是一望無際的沙土和巨岩，寸草不生，飛鳥不臨，只有禿鷹，如閃電般掠過天空。

哈！禿鷹就是我，亞歷桑那哈約克族的酋長。

瞧！我右手指上戴的戒指，它來自外太空的一塊隕石，威力遠達宇宙，代表著酋長的神聖與威權。

至於左手手指上的繃帶呢？那是被汽車車門夾傷的結果。

所以禿鷹我反對現代科技，還是騎著馬兒好，馬兒載著我，垂直攀下溪谷，啜飲清洌的溪水。

至於汽車呢？飛機呢？除非不想活了。

但你得學習活著！

一旦在這荒土上通過了嚴酷的考驗，你將成為禿鷹，你將如一道閃電掠過天空！

註：前垂小包裡裝的是打火燧石。

上帝是一位釣者

第一次，我 12 歲，上帝把我釣起；
祂搖搖頭說：太小了！
祂把我扔回大海。

第二次，我 26 歲，上帝又把我釣起；
祂搖搖頭說：還是不夠大！
又把我扔回大海。

第三次，我 46 歲，上帝再次釣起了我，
祂驚訝地看著我：怎麼又是你？夠大了！
轉身正要把我丟進冰桶，
突然想起一
我交給你的九件工作呢？
哼！怎麼一件都沒完成？
祂又把我扔回大海。

靈魂的翅膀

電影〝飄〞，女主角最後一句台詞：
Tomorrow is another day ——
她的臉上閃耀著希望的光彩。

昨天，死於巴黎恐攻的一百多人——
他們不再有明天了，
他們的伴侶、親人、朋友同時也失去了希望。

「在這世界上，最讓你快樂的是什麼？」
「是〝愛〞。」
「最讓你恐懼的呢？」
「是〝恨〞。」

在法國鄉間，遍開著如蝴蝶飛舞的麗春花，
它們是紀念殉國將士的國殤花——
「我們的花瓣——」麗春花輕聲說：
「是靈魂的翅膀，載著每一個靈魂飛向天國淨土。」

左圖：莫內〈麗春花〉50x60 公分 1873 年　巴黎奧塞美術館

陶淵明在紐約

　　星期六，在紐約的〝地獄廚房〞（Hell's Kitchen）區有跳蚤市場。我與朋友 H 君搭乘地鐵，再輾轉漫步至此；H 君從一對俄國夫婦的雜物攤上，抱起了一座顯然來自於中國的塑像。

　　「他是誰呢？」H 君問我。

　　我看了一眼，腦中一片迷茫。

　　「不知道耶。」

　　在下一個瞬間，我瞄見這位手握書卷的中年讀書人身後，有一把鋤頭和一欉黃菊—

　　「我知道了！他是隱者陶淵明。」

　　H 君付了美金 25 元的贖身費，把陶淵明從地獄廚房救了出來。

　　現在，陶先生作客於紐約的上西區（鄰近哥倫比亞大學），住在一棟有著百年歷史的老舊公寓裡，不需躬耕南畝，亦無南山可望，盡日偷閒讀書，享受其北窗高臥的樂趣。

　　未知陶先生寄居異域安適否？

　　或再賦一篇歸去來辭？

牧神的午后

　　午后在溫暖的陽光下，漫步於紐約上東區的 Morningside 公園，公園裡有一座銅雕，是一隻巨熊和一位貌似閒散的少年。

　　這少年是誰？上前仔細端詳—

　　少年的右手拿著一管風笛，而他的腳？是偶蹄的羊腿！

　　哦，我知道了，他是希臘神話裡的牧神潘（Pan），法文稱之為法農（Faune）。

　　法國象徵派詩人馬拉美（S. Mallarme, 1842-1898），因之寫出了不朽的詩作〈牧神的午后〉。

　　法國的音樂家德布西（C. Debussy, 1862-1918），根據馬拉美的詩作，譜寫了〈牧神的午后序曲〉。

　　偉大的俄國舞蹈家尼金斯基（Vatslav Nijinsky, 1889-1950），根據德布西的音樂，編且演了〈牧神的午后〉芭蕾舞劇。

　　這是歐洲文化史上的三件盛事。

　　「多麼豐盛的精神文化啊！」

　　當我漫步在午后的公園時，如此喟嘆著。

正義與邪惡之戰

去夏行經紐約的阿姆斯特丹大街，看見這尊巍峨高聳的銅雕，雙方劍拔弩張扭打成一團，而勝負的態勢已昭然若揭，銘辭上是這麼說的：居上方，開展著勝利之翼的是正義，被正義之神踩在腳下的乃是邪惡。

今秋又從此街走過，正義與邪惡仍然纏鬥不休。

這尊巍峨高聳的銅雕，令我恐懼且顫慄—

正義與邪惡、光明與黑暗、是與非、成與敗、生與死、賢智與愚魯、豪侈與困窘、強壯與軟弱……，是普行於世的〝二分法〞，正是這二分法禍亂著人間，荼毒著眾生。

曾經聽聞一位智者說：

黑暗並不存在，黑暗是光的不在。

我思之良久，直至今日不解。

作夢的樹

　　進了紐約老朋友 H 君的家門，她遞交給我一個資料夾，全是我 25 歲至 28 歲時寫給她的書信，我一封封地披讀著，不禁哈哈大笑，那時的我既像學究，又像理想的社會主義者。

　　其中有一段文字，甚是有趣——

　　唉！外界不給我們〝尊嚴〞，而我們也不給自己〝尊嚴〞。記不記得上次在福樂說的話？過三十歲生日時，若再無所努力，只知抱怨嗟嘆，就可以去自殺。

　　上週有人還了我一本書《尼采：其人及其思想》，遂好好地讀了一下，發現尼采所發揚的人生真義，正如同千餘年前希臘神殿的銘文——Be Yourself，不要為世俗的、狹隘的道德律所淹沒，不要為集團主義抹殺了個性的尊嚴，要作精神的貴族，把智慧分與世人。

71.4.25

　　過三十歲生日時，我們都沒有自殺，而且又繼續活了三十年，豈不是值得慶祝嗎？於是我們去附近的酒店挑了一瓶紅酒 "Dreaming Tree"（作夢的樹）。

孔子在紐約

孔子說—

道不行，乘桴浮于海，從我者，其由與？（論語・公冶篇）

孔子傷世道喪亂，仁義無由伸張，遂作此嘆，子路在旁聞之大喜，信以為真，不理解老師只是發發牢騷罷了。

蘇東坡歷經官場動盪，遇生死大劫，被貶放黃州，某夜醉酒歸來，作詞曰—

小舟從此逝，江海寄餘生！（臨江仙・夜歸臨皋）

此詞外傳，其長官以為他逃逸，世人以為他退隱，但其實他在自家床上呼呼大睡呢！

前些時我在紐約跳蚤市場遇見陶淵明，今天又在阿姆斯特丹大街上那座〈正義與邪惡之戰〉銅塑旁巧遇孔子，我大吃一驚：

「啊！夫子，世道喪亂，您怎也來美國了？為什麼不是子路隨行呢？卻是一隻白鶴？」

「我是乘駕著白鶴，偷渡入境的嘛！」夫子笑著回答。

石若有情

「你真幸運，能夠被藝術家選中，雕鑿成藝術品。」

「幸運？我倒認為是不幸呢！」

「怎麼？難道你不樂於置身在這風雅的庭園中，每天有絡繹不絕的訪客？」

「我寧可深藏山林，滿面蒼苔，任蟲蟻來來去去，蜘蛛在身上結網，或是袒著肚腹橫臥在溪水裡。」

「你怎麼可以如此胸無大志？經過藝術家的妙手鎚鑿，你不覺得自己不再是一塊平凡的石頭了嗎？」

「但我寧可接受風雨的摧打與侵蝕，你看看我，面目全非，體無完形，再也回不去本來的自己了。」

在紐約的 Isamu Noguchi 博物館，靜靜地聽，我聽見一塊頑石的悲傷與無奈。

從作夢到寂默

兩週前，我在紐約 H 君家作客。

為了慶祝我們在三十歲之後又安然度過了另一個三十年，所以相約前往酒店，選購了一瓶紅酒〝作夢的樹〞（Dreaming Tree）。

明天就要搭機返台了，今晚我又作客於 H 君的寓所；晚餐過後，我們再度前往酒店，想再帶回一棵作夢的樹。

沒錯，它就站在架上，作著它的夢呢！當我們把它從架上請下來抱在懷中時，卻瞄見了另一棵樹—〝寂默的橡樹〞（Lonely Oak），立刻改變了心意。

〝作夢的樹〞是綠草如茵、芳香撲鼻的盛夏，啜飲時宜配上莫札特的〈豎笛協奏曲〉（*Clarinet Conceto in A Major, K622*）；而〝寂默的橡樹〞醇厚而內歛，布拉姆斯老樹秋風般的第四號交響曲（*Symphony No. 4, Op.98*）的第一樂章堪可與之相配吧？不然，我寧可選擇他的鋼琴獨奏 Op.118, No.4，當然，還得由髫年的肯普夫（Wilhelm Kempf, 1895-1991）來彈奏它。

入夜的紐約秋意襲人，兩個初老之人啜飲著寂默—

青年時作夢，老年時寂默，唯其寂默，方能與宇宙萬物冥合。

羅斯柯

在紐約市的 Whitney Museum，遇見羅斯柯（Mark Rothko, 1903-1970），一位抽象的色域畫家。

不同於早期柔美的暖系色調，面前的這幅是一九五零年代較為晚期的作品，色調趨於暗沈，由紅、褐、黑三色組成。

有人說羅斯柯的畫呈現著禪的意境，可以作為默觀冥想的對境，美國德州的羅斯柯教堂（Rothko Chapel）的門口指示牌上寫道— All are welcome.（歡迎所有的人）

The experience is in the silence.（體驗寂靜）

而羅斯柯自己怎麼說呢？他說他的畫作展現著人類的三種基本情境—悲劇、迷狂與惡運。

迷惑於羅斯柯的生命情調，愈來愈覺得他的面容和表情與他的繪畫如出一致：靜穆，靈光閃現，深透生命的內涵。

他所欲追求的藝術極至是—繪畫，要能達到像詩歌與音樂那樣的境界；而這個世界逼仄如迷宮、幽黯如深淵，他那聰慧的靈魂最終選擇了自由，66 歲時他裁斷了藍色的河流，人生最後的一幅畫—〝藍與紅〞，如此的詩意。

德庫寧

德庫寧（Willem de Kooning, 1904-1997）也出現在 Whitney Museum，一位抽象表現主義行動派畫家，他說：I don't paint to live, I live to paint.（我不為生活而繪畫，我為繪畫而活。）他作畫時常蒙住雙眼，任意想自由馳騁。

難得的是：眼前所見並非是他慣常作畫的主題—變形的令人驚駭的人體，而是一幅罕見的風景畫〈*Door to the River*〉（面河的門），畫面中隱約可見少許簡化的形象—〝一扇門〞與〝牆〞，從前門蜿蜒到後方的〝河流〞。

就像音樂，音樂所展現的不僅是（或不必然是）聲音的美，現代藝術是人類藝術史上一個重要的質變，它不再以色彩、線條、形狀來怡悅人的感官，它可能是一種工具，藉由它來表現某種思緒、情感、社會主張、集體意識……，它不再被圍限為空間藝術，時間也可能流動於其中。

凝視著這幅畫，德庫寧大力揮舞筆刷的動作如現眼前，曾經發生於某個空間、某一段時間的動作，便被永恆地封存在這幅畫作裡了，如一尊化石。

克萊恩

在 Whitney Museum，我最大的驚嘆來自於這幅畫——

畫者克萊恩（Franz Kline, 1910-1962），另一位抽象表現主義畫家；興起於二戰之後集中在紐約的抽象表現主義，概分為爆發派、書法派、單色派、幾何派、符號派……，克萊恩被歸為書法派。

克萊恩這幅畫，對我這熟習於中國傳統書法的人而言，當下是極大的震撼！簡單，精粹，因此而元氣滂薄，力量偉巨。

一幅畫的力量，發生在觀者與它相視的那一瞬間，它牢牢儡住了觀者的身心，像是遁入了宇宙的黑洞不得脫身；一幅畫的力量，更是發生在那一瞬間之後，以致三天之後的我，還在它一波波湧來的能量場之中。

因此我瀏覽了克萊恩其餘的畫作，晚期的克萊茵在黑與白之外，也嘗試加入了一些高彩度的色彩。

就像音樂的〝絕對音感〞，如薩依德（Edward Said, 1935-2003）所言：只有兩種可能，不是〝有〞、就是〝沒有〞；克萊恩對色彩、線條、形狀、空間的〝絕對美感〞，形成了他作品中那種震儡人的力量！可惜克萊恩壯年早死，不然以他那源源不絕的創造力，還會迸出什麼樣的火花？

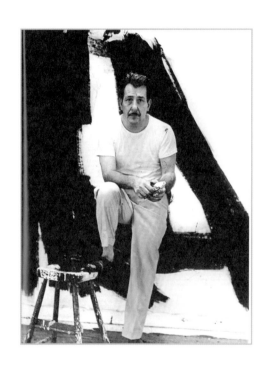

其實我對這幅畫原是熟悉的，論及中國書法在現代藝術的可能性時，學者與藝術創作者每每援引克萊恩的畫作以示光明的前景；有人曾經問過克萊恩，是否受到中國書法的啟發？他否認，我認同克萊恩前無古人的原創性。

我是一個悲觀主義者，我懷疑自己所植根的荒原還能再長出什麼參天巨樹？如果我們任由自己被困於生活的細碎，如果我們執意癡迷於世塵中的爭逐，如此苶弱鄙陋病態，還能發出什麼偉巨的力量？只能在塵土裡打滾了。

一幅畫的力量，就像這樣—
它滲透到你全部的生命中。

註：左圖引用自 https://www.wikiart.org/en/franz-kline

馬格利特與我

繪畫不是視覺藝術嗎？
繪畫大師馬格利特卻說—
千萬不要相信自己的眼睛；
中國的智者老子也這麼說—
聽見聲音的是聾子，
看見顏色的是瞎子……

這不是一幅畫、也不是三幅畫，
不是人像畫、也不是風景畫，
不是自畫、也不是他畫，
而是十分嚴肅的玩笑畫—
關於障蔽與疏離，
以及感官世界的荒誕與淺薄。

註：左圖為馬格利特（R. F. Magritte, 1898-1967）比利時超現實主
　　義畫家。

大師的素描

我喜歡大師的素描。

正如同摩根圖書與博物館（Morgen Library and Museum）這次展覽的主標題－〝Drawn to Greatness〞。

看了大師的素描，才知道大師是如何成為大師的，大師是如何走向偉大的－專注、苦練、一絲不苟、博大又精深、沈潛，當然還少不了 " 天賦才能 "。

我喜歡看大師的素描，正如同我喜歡聽音樂家的即興曲，也如同我喜歡看非平凡人物的日記或隨筆，那是心靈最自然而真實的流露，是嘔心瀝血的歷程，不是最後的成品。

在此，我遇見了梵谷、高更、畢沙羅、米勒、康斯坦伯、透納、米開蘭基羅、哥雅、竇加、德拉克諾瓦、畢卡索、莫內、馬蒂斯、帕洛克、蒙德里安、保羅克利 ......。

何等的盛宴！

註：哥雅（Francisco Goya 1746-1828）的素描，2017/9/29-2018/1/7
　　展於摩根圖書與博物館。

孤獨令我狂喜

前些時讀西蒙波娃（Simon L. E. M. B. de Beauvoir, 1908-1986）的童年回憶，文中有一句：孤獨令我狂喜！那時她才十歲，喜歡躲在父親的書桌底下讀書，胡思亂想，好似世界只有自己一個人。普通人的一生，汲汲營營，總是為了要逃避孤獨，所以要結婚、生子、社交……，而有些人的一生，卻志在逃避人群，志在孤獨。

現在，我來到詩人狄董遜（Emily Dickinson, 1830-1886）生前的居處，天空飄著細雨，我踩著被雨水浸濕的草地，揣想著詩人的自我幽禁—

世界之大、人事之繁複，是一只上了鎖的鳥籠。

是孤獨嗎？令她逸出鳥籠—

是孤獨嗎？令她身心澄澈清明—

是孤獨嗎？令她能夠面對生命的本真—

經驗痛苦與狂喜，領悟生命與死亡—

直到遁入永恆，靜悟—

當我從二樓走下來時，撫摩著樓梯的扶手，我感覺那斑剝的扶手幽幽地有一股清冷的香。

古屋苔痕

瞧！在小羊身後的就是〝老牧師公館〞，愛默生（Ralph Waldo Emerson, 1803-1882）與霍桑（Nathaniel Hawthorne, 1804-1864）先後住過此宅。

牧師公館是由愛默生的祖父一位德高望重的老牧師所興建的，現在它已是具有兩百多年歷史的老宅啦！美國獨立戰爭的首役，即發生在距牧師公館不遠處的平原上，當年老牧師一家人，咸聚集在二樓的窗口，惴慄不安地觀看著戰爭的進行。

愛默生是一位溫雅的君子，一位詩人、散文作家、演講家，〝超驗論〞（Trancedentalism）的承先啟後者，他領導美國進行另一場獨立戰爭，一場寂靜的智識戰爭，終於美洲新大陸在思想上脫離了歐陸母親而獨立。

愛默生年輕時居於此，如果你環視此宅，你將會發現它每一扇窗的窗景都美極了，喜愛大自然的愛默生往往面窗撰文，寫下了那篇〝超驗論〞的柱石之作—〈大自然〉（*Nature*）。

春天奏鳴曲

愛默生於婚後遷出此宅，數年後由好友小說家霍桑租下，度過了三年悠悠歲月；霍桑在此文思泉源，完成了《古屋苔痕》（*Mosses from an Old Manse*）小說集。

　　但霍桑與愛默生不同，他不喜歡大自然，所以他是面牆寫作的，在一塊極小極小的木板上。

註：當年我所讀的夏濟安先生的中譯《古屋苔痕》太好了，以至於
　　我對屋內所見的一景一物，都感到極為熟悉。

華騰夢

華騰湖在霧裡，它是隱士之湖。

一百多年前，美國哲人梭羅（Henry David Thoreau, 1817-1862）在湖濱建了一棟小屋，自力自食，度過兩年又兩個月。

梭羅認為大部份的人們都是生活的奴隸，因此他過著簡單而素樸的生活，以大部份的生命徜徉於山水，探問天地的消息。

「我樂於孤獨，孤獨讓我的世界變得寬闊了。」

他的《湖濱散記》（Walden），喚醒了很多沈睡的靈魂，而那些靈魂正作著華騰夢呢。

我漫步在湖濱，與梭羅在時空中交會。

水上吟

孔子在川上，嘆息道：

「逝者如斯夫！不舍晝夜。」

憂鬱的赫拉克利圖斯說：

「兩次伸腳入河，不會是同一條河。」

蘇子在江流，賦文曰：

「逝者如斯，而未嘗往也；盈虛者如彼，而卒莫消長也。」

行者在湖濱，吟哦著：

「萬木蕭森，紛紛然換上了新裝，但那永恆不易的是什麼？」

翅膀樹

這是我最喜歡的一個故事《賣翅膀的小男孩》─

那時候的世界還沒有翅膀，有一位小男兒，背著滿載翅膀的柳條筐，把各種各樣的翅膀賣給了小鳥、小蟲……，還有一座老磨坊，它也得到了四個翅膀─紅的、藍的、綠的、藍的。

賣？並不是我們人類那種方式的賣，而是用自己的方式表示感謝─小鳥唱歌、蝴蝶跳舞……，如果你什麼都不會，一個微笑或眨眨眼也是可以的。

所以，在很久很久以前，大家都有了翅膀。

「不過，為什麼我們人類沒有翅膀呢？」在讀完這本書之後，我這麼想。

「因為小男孩回到天堂很久之後，人類才出現在這個世界─」仁慈的上帝說：「人類不也應該得到一對翅膀嗎？」

所以，祂在世界各地種了很多很多的翅膀樹。

每當翅膀樹上的翅膀成熟時，一對對漂亮的翅膀從高高的樹上飛下來，它們飄落在草地上、人行道上、台階上、花盆裡或是湖邊，任何你所能想像或想像不到的地方，它們靜靜地躺在那裡，等待著人們彎腰揀拾，安裝在背上，然後飛起來。

但是人們太忙碌了，他們看不見上帝賜給的翅膀，可憐，一對對漂亮的翅膀，在人們匆匆的腳步下滋滋碎裂，或者重新再把自己長成大樹，落下更多更多的翅膀。

　　「為什麼上帝不給我們翅膀呢？」人們總是這麼抱怨著。

　　於是，人們發明了熱氣球、滑翔翼、飛機、太空船……，作為翅膀的替代品。

叔本華與狗

叔本華（Arthur Schaupenhauer, 1788-1860）——
他思考著生命的存在與生命的意義，
走過漫長的、通向死亡的生命旅程。

他喜愛四足動物遠勝於二足動物，
對於後者，避之惟恐不及，
他的終生良伴是獅子狗。

他於歿後享有如此悖論式的盛名——
他既是無人能超越的悲觀哲學家，
又是極少數能讓人愉悅地閱讀其作品的哲學家。

此時我愉悅地讀著叔本華的傳記——
哀傷的漣漪在心湖盪漾迴旋，
唉，我連狗兒這樣的良伴也沒有。

玫瑰三願

在冷雨中，玫瑰花燦然綻放！

她在企盼著什麼呢？

憶起那首久已不被傳唱的歌〈玫瑰三願〉：

玫瑰花，玫瑰花，爛開在碧欄杆下；

玫瑰花，玫瑰花，爛開在碧欄杆下。

我願那嫉我的無情風雨莫摧打，

我願那愛我的多情遊客莫攀摘，

我願那紅顏長好莫凋謝，好教我留住芳華。

作詞者是龍榆生忍寒先生（1902-1966），時為 1928 年民國 17 年，值國事如麻、戰禍當頭之際，龍先生步入校園時滿目所見盡是瘡痍，有感而發遂作此詞。

此詞既出，黃自先生（1904-1938）即為之譜曲，黃自是民國時代的音樂家作曲家，你我耳熟皆能朗朗上口的歌曲〈花非花〉〈天倫歌〉等即出自黃自的手筆；他 32 歲時英年早逝，病重時呼道：「我不要死，尚有半部中國音樂史等待我完成一」

我默唱著〈玫瑰三願〉，思之當前世無正義而民氣衰靡—

啊！玫瑰花，玫瑰花，你在企盼著什麼呢？

無錫丁福保仲祜編纂

停雲一首　幷敍　○命篇、案、程傳、歐陽公曰、古人之詩、多不命題、以首句命篇。○案、漢郊祀歌鐃歌曲猶然。此停雲時運亦是也。

停雲、思親友也。罇湛新醪、○曰沈。○湛、澄清也。醪音牢。○李注、湛讀。○一作樽酒新湛。園列初榮。園列、園之卉也。願言不（弗）一作從歎息（想）一作彌襟字。○彌、滿也。襟、懷也。言思之滿懷也。一本有云彌一

靄靄停雲、停停如車蓋。○何注、停滯而不散之意。靄靄、雲集貌。魏文帝詩、西北有浮雲、濛濛時雨、濛濛、雨密貌。時雨、應時之雨、使草之發生也。八表同昏、表、八方之外也。昏、暗也。八方四維、謂之八方。○四方四維、平路伊阻。阻、古音側莒切。○阻、塞也。○字或作繄。詩雄雉曰、自詒伊阻、蒹葭曰、所謂伊人。鄭箋並曰、當作繄、繄、是也。○阻、塞也。○查愼行曰、起訊句、當平世者不知此語之悲。

靜寄東軒、春醪獨撫。醪、濁酒。○撫、持也。良朋悠邈、悠、長也。邈、遠也。搔首延佇。詩、愛而不見、搔首踟躕。言以手播髮

傘為狂風所破

晨五點，天色昏冥，寒雨不止；我獨行於雨中，傘為狂風所破！

一千餘年前（公元761年），落魄潦倒的盛唐詩人杜甫經友人義助，在浣花溪畔築起了草屋，暫作全家老小棲身之處；半年之後的秋天，夜晚狂風大作，掀翻了茅草屋頂，他乃作歌曰：床頭屋漏無乾處，雨腳如麻未斷絕，自經喪亂少睡眠，長夜沾濕何由徹－讀詩至此，不覺心愀然，但下一句卻令人鼓舞驚嘆：安得廣廈千萬間？大庇天下寒士俱歡顏，風雨不動安如山！

德國的哲人叔本華說：小小的身子，心量卻如宇宙般的寬宏。

其斯人之謂歟？！

返家後翻開《陶淵明集》〈停雲〉詩：靄靄停雲，濛濛時雨；八表同昏，平路伊阻。其下有清代詩人查慎行的小注：起四句，當平世者不知此語之悲。啊！風雲變幻，寒雨不止，身苦心淒，四顧茫然，但轉念再想：若是風光明媚，四季如春，地平如鏡，金階玉宇，那麼我會懷疑起自己是否已置身於極樂世界了？

〈停雲〉詩繼續讀下去－靜寄東軒，春醪獨撫；良朋悠邈，搔首延佇……。

"百年孤独"选料精良、工艺古老，贮藏久远，
口味纯正。饮之则豪之更豪，郁之更郁，喜之更喜，
悲之更悲。或曰：孤之更孤。遂命名"百年孤独"……

逾百年期，世纪庆，港澳复，此酒亦复出，……
醉不胶而走，遂名满天下。

百年孤獨

「作不成大鵬鳥，只能作學鳩了，一步一啄飲。」

「啄飲什麼？」

「第一啄飲橄欖酒，健胃整脾，朋友送的；第二啄飲梅子酒，開胃清腸，朋友送的；第三啄飲雪莉酒，散逸著葡萄的香甜，嘻，不好意思，自購的，如此我幾乎可以羽化登仙了！」

「天若不愛酒，酒星不在天——」

「地若不愛酒，地應無酒泉。」

「酒中有真意，可與說來聽？」

「一樽齊生死，三杯通大道，一斗合自然！」

「但有一款酒，苦、澀、香、辣……眾味並陳，您嚐過了嗎？」

「是為何酒？」

「百年孤獨。」

註：參見李白〈月下獨酌〉組詩，作於唐天寶三年三月，時年 44 歲。
　　又杜甫〈夢李白〉二首中有句云：〝冠蓋滿京華、斯人獨憔悴〞，
　　結句道：〝千秋萬歲名、寂寞身後事〞。

要有光

　　這盞抬燈是十餘年前的舊物，購自於鶯歌陶瓷博物館，一直被我置於高閣未曾點亮過，現在我為它換上新的燈泡燈座與電線，它亮了！投影在壁上，是夜之森林。

　　水晶天鵝是舅舅生前所贈的禮物，少說也有五十年以上的歷史，啊，五十歲以上的天鵝；天鵝原是交頸恩愛的一對，但我捨去了俯首的那隻，選取了昂揚的這隻，牠游行於夜之森林，孤獨而與宇宙冥合。

　　至於那小木桌，是十八年前朋友結束藝廊時所贈之物，那時以小卡車運來大批物件，有桌、椅、燈具、花瓶、杯盤、畫框，俱是來自於德國，乃半個世紀之前的舊物。

　　智者說：美不是被創造出來的，美是被發現的。

　　可不是嗎？我點亮了一盞燈，有了光，美就呈現在你我的眼前了！

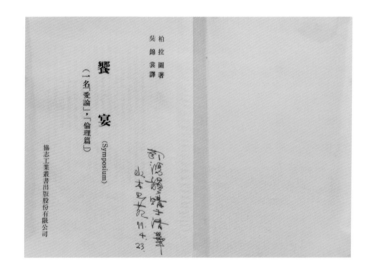

柏拉圖著

吳錦裳譯

饗　宴 (Symposium)

（一名「愛論」·「倫理篇」）

協志工業叢書出版股份有限公司

中秋饗宴

　　帶著輕微的眩暈感，我跌跌撞撞地走進這家蔬食餐館，打開餐館的菜單，見有一道〝蘋果咖哩燉飯〞，想起席勒（F. Schiller, 1759-1805）的蘋果，席勒寫作時喜歡嗅聞腐壞的蘋果，爛蘋果釋出的甲烷使人產生輕微的眩暈感，眩暈感？因此我果斷地點了這道蘋果咖哩燉飯。

　　燉飯的完成少說也得二十分鐘，難道我就呆呆地坐在這兒等待嗎？不，我開啟了柏拉圖的《饗宴》，Socrates、Plato……等人的聲音立刻一湧而出，鬧哄哄的，我看見書中的首頁有我的簽名—郭鴻韻購于清華水木書苑，77. 4. 23.，逐頁翻閱，處處留有我的圈點及密密麻麻的註記，顯然在買了此書之後，我曾經認認真真地讀過一通。

　　對於讀書這回事，我曾經心灰意冷過，擺在書架上的書，為什麼看起來都那麼陌生？像是從來也不曾交會過？生命中的一切只是白費心力罷了？就像月前在紐約，我看見自己在三十幾年前寫給朋友的書信：在暑假中買了一部《莎士比亞全集》，集中心力看了五部莎翁劇作—哈姆雷特、暴風雨、馬克白、仲夏夜之夢、羅密歐與茱麗葉。奇怪了，我讀過嗎？

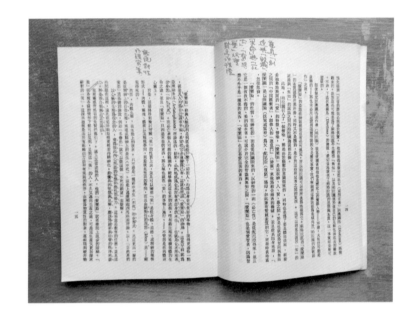

140　春天奏鳴曲

記得去年與歌德（J. W. Gothe, 1749-1832）約在手麥餐廳吃聖誕宴，他對我說起莎士比亞：莎士比亞的戲劇已窮盡了人性的各個層面，其它人還能作什麼呢？現在我突然發現自己曾讀過其中的五部，那麼我對人性的了解豈非已達至兩、三分了嗎？

後來我終於領悟到：讀書不會讓你白費心力，它會悄無聲息地潛行，終於化作你的生命，所以還是要多讀書，好處是你不會寂寞，壞處是你會寂寞，好處與壞處，你都得概括承受；現在周圍的人幾乎都是不讀書的，尤其不讀經典，因此愛讀書的人往往被視作怪物，得嚐受寂寞的苦與樂。

這本書《饗宴》的導讀寫得既深刻且周密，當它提到感官美與精神美時，我看見三十幾年前的自己在感官美上寫著：如柴可夫斯基，在精神美上我寫著：如巴哈。

誠哉斯言！今世周行於天下者盡是感官美，或竟連美也無，只是感官罷了！讀且思至此，我的蘋果咖哩飯來了，那麼我就先來應付一下感官之事吧。

聖誕饗宴

　　一年前的聖誕饗宴，我邀請了三位貴賓—德國文豪歌德先生、他的門生兼助理愛克曼先生，以及我國的美學大師兼譯介者朱光潛先生；那次饗宴談興頗濃，凡所觸及莫不精彩生動，當饗宴結束時，我跨出餐館的大門，遠眺天地，覺得人生真是美好，具有無窮無盡的可能性。

　　不知是誰在偷換歲月？不知不覺時間又輪轉了一年。

　　今年的聖誕饗宴照例在手麥烘焙餐坊舉行，而且我點的餐食依然是黑橄欖鮮蔬意大利麵，因為妝點在麵裡那些紅色的、綠色的蔬菜，正可烘托出一番聖誕節的氣氛。

　　今年要延請那些貴賓共進饗宴呢？臨出門前，我從書櫃抽出一本老舊的書《世界小品文精華》，書中搜羅了三十三篇小品，作者群橫跨古今中外，從希臘的柏拉圖到我國的吳清源棋士，真是太豐盛了，我十八歲那年購入，彼時此書正可舒解一位青澀少年心靈上的飢渴。

　　打開書頁，第一篇小品是德國作家 R. 洛克爾（Rudolf Rocker, 1873-1958）寫的〈浮士德的路〉（巴金的試譯），當年的我反反覆覆讀了好幾遍，深受影響，以致我此後的人生走的正是浮士德的路，思及此不禁感慨萬千！

但今日的聖誕饗宴，我不擬邀請洛克爾先生，他或許還在那《六條路》上來來回回地穿梭著（六條路之第一即是浮士德的路）；這回我邀請的是兩位日本的文士—武者小路實篤（1885-1976）與廚川白村（1880-1923）；我們那時代的文青，大概都讀過廚川白村的《苦悶的象徵》，今日我若再讀一次，我會對廚川先生說：文學不僅是苦悶的象徵，文學還是靈魂的出口呢！可惜廚川先生太早離世了，他死於那年的關東大地震，不然他會微笑點頭的。

　　這次聖誕饗宴一共是四人與會，坐四方桌，各據一方，對了，我差點兒忘了提，還有一位被邀的客人，對這位客人我有點熟，又不是太熟，是誰呢？是〝十七歲時的我〞。

　　饗宴正式開始了，年高德劭的武者小路先生首先打破了沈默，他謙遜地說：我來對〝美〞這個議題發表一些意見吧，但我對美的認識還談不上深刻—在此請恕我無法忠實地記錄他的談話，其意旨大致是這樣的：美來自於〝大自然〞與〝人生〞，有一種美可以用耳目等感官感知，例如：一朵鮮花之所以美，是因為它的顏色、形狀與質地；但另有一種美，是看不到、聽不到、也觸摸不到的，只能用心靈去領會，例如：一朵鮮花之所以美，是在於它勃然的生命力。

　　廚川先生聞之，微笑點頭。

　　我望了一眼滿臉困惑的〝十七歲的我〞說道：濟慈在〈希臘古甕頌〉的最後一段寫著：Beauty is truth, truth beauty（美即是真，真即是美）濟慈所以為的〝真〞，不會是科學上的〝真〞吧？

是先生所以為的大自然與人生嗎？

武者小路先生恍若無聞，沒有答覆我。

我得在此聲明：來此饗宴的貴賓們從來只發表議論，並不答覆問題，所以我明白，對所有的疑問我得自己去尋找答案。

接下來，就不能不談論到〝善〞了。

武者小路先生說：善出現在美之後，美是自然而然的存在，而善是人為的觀念與做作，屬於文化的層次。至於被迫而作的善事，以及假冒為善的惡事，非但不美，反而可稱之為醜，他舉了一個有趣的比方：無異於竹筒裡的蛇，不得不走直路。

這時〝十七歲的我〞一臉不屑地說：醜陋的善事，令人要發出鄙夷的笑聲！我心想：你這少年人，未免太大驚小怪了，虛偽的、有條件的、有目的善事，以及假冒為善的惡事，快要把這個世界淹沒了，而且為什麼要特意標舉出善呢？豈不是因為有惡、才會有善嗎？大自然何曾劃分出善、惡的兩端呢？

我思潮起伏，不能自已，最後的歸結是：回到初心，真誠地與大自然、人生相對。

雖然〝十七歲的我〞仍是一臉茫然，但兩位先生俱是沈默無語，算是默認了。

註：我的紀錄暫時到此，雖然四人的談話仍在繼續中——

晨曦的腳步

晨曦輕移著腳步，悄悄走進了室內
它一寸寸地向前探索著，又一寸寸地縮了回去
像一隻貓，安靜、好奇而又膽怯
終於它消失於陽台，繼續對這世界的探索

III 傾聽

野花現天堂

To see a world in a grain of sand,

粒沙觀世界

And a heaven in a wild flower,

野花現天堂

Hold infinity in the palm of your hand,

掌中握無限

And eternity in an hour.

剎時為永恆

註：William Blake（1757-1827）的詩，作者中譯。

何處覓

美，遍在一切處
不論你有沒有發現

草木小冊

在草木小冊裡，我聽聞—
　雀鳥的歡唱
　漫天飛舞嗡嗡作響的翅翼的鳴擊
　金雨灑落
　晨露的輕歎
　陽光行進的腳步
　竹子咿咿啞啞作響
　風與葉子私語
　蟲子蠕蠕爬行
　花精靈的嬉笑
　溪澗低吟
　群樹的枝梢簌簌簌地伸向天空
　一片鳥羽的滑落
　池塘無聲地接納了它
　……

風鈴花

它的美—在於它低頭的無言
它的美—在於它怡然的自得
它的美—在於它生命的本真

百合花

百合花的喜悅，
在於它的無求與無憂；
一襲純潔的白衣，
尤勝於帝王華貴的紫袍。

通泉草

細看它—
如此繁複！又如此簡單！
隱蔽在草叢中，又掩不住的生意盎然。

我心想—
凡萬物的生成，總該有個道理吧？
軟道理？硬道理？必然性？或然率？

別想了—
凡存在即是真；
真，即是美。

勿忘我

整個夏天，群花鬥艷，鬧翻了天。
卻有一叢纖細柔弱的植物，靜靜的，始終沒有花開的消息。
直到夏天快要結束了，它才突然開出一簇簇的小藍花。

小藍花是那麼細小，那麼安靜，那麼容易被忽略。
一直窮忙著的蜜蜂和蝴蝶，牠們來來回回地穿梭在天空，
爭先恐後地撲向穿著艷麗、跳著佛朗明哥舞的百日菊。

偶而，也會有一隻蜂兒或一隻蝶兒，駐足在小藍花的花心，
但並不長久，牠們很快地又去趕赴另一場盛筵了。

「Forget — me — not —」
小藍花輕靈的聲音，飄盪在繁華錦簇的花園裡。
「這就是我為你預備的名字。」
上帝微笑著說。

　春天奏鳴曲

油桐花

無聲地飄落在深草叢中
山徑上層層疊疊的油桐花正喧嘩著
它處於孤寂
與萬有相通

日日春

它蹦呀～跳呀～
從山腳一路蹦跳到山腰
它暫停在牆邊，探頭張望著
〝啊，花開了！〞
松尾芭蕉行此，發出一聲驚呼。

病玫瑰

O Rose, thou are sick!

啊，玫瑰，你病了！

The invisible worm

那看不見的蟲子

That flies in the night,

飛舞在暗夜，

In the howling storm,

在呼嘯的暴風中，

Has found out thy bed

發現了你的眠床

Of crimson joy:

殷紅的歡樂：

And his dark secret love

他幽暗的、隱蔽的愛戀

Does thy life destroy.

奪去了你的生命。

註：William Blake（1757-1827）的詩，作者中譯。

玫瑰的歎息

「我需要光，更多的光—」
插在瓶中的玫瑰悲傷地說。

一盞吊燈從天花板探下身，以十足的熱情對玫瑰說：
「我是光！您生命中的光，我願日日夜夜映照您的風采。」

玫瑰聽了，歎了一口氣，
飄落了幾許花瓣在桌上。

山丘上的小野花

　　春之神重臨大地，祂吹拂微風，祂降下金雨，祂為大地披上一襲綠衫，綴上星星點點的小野花。

　　小野花們甦醒了，從一場冗長的冬之夢中醒來了——
「好可怕，一場夢，還好只是一場夢。」
「夢中大家都住在密密麻麻的小房間裡，好像——」
「好像附近的那幾個螞蟻王國。」
「而且還打打殺殺的。」
「咬來咬去！」
「好大的一張嘴！」
「為了生活勞苦，生活中充滿著無休無止的憂煩。」
「還有病痛、死亡……」
「好可怕的夢中人生！」
「夢中有一朵小野花，它說了一句好可愛的話——」
「它說什麼？」
「人哪，你當學習作山丘上的小野花。」
「但是——」
「人哪，充耳不聞，還把野花趕盡殺絕。」
「忘了它吧，不過是一場惡夢。」

「是啊，不過是一場惡夢。」
「好在醒來了，從夢中人生醒來了。」
「真開心，我們是山丘上的小野花。」

菇菇小語

它唏唏嗦嗦地從潤濕的泥土裡鑽出頭來，
戴著一頂帽子，帽子上還沾著一撮泥土─
我聽見它在喃喃自語：
「我是在作夢？還是剛醒來？」

瓜瓞綿綿

「感謝照臨我的陽光，感謝滋養我的大地，感謝栽育我的主人—」這只瓠瓜滿溢著莫名的感動：「我已攀上了生命的巔峰，接下來我會衰老、乾枯，然後墜地、碎裂，但是我的種子、我的子孫將會遍布大地—」

這時它略有一絲兒哀傷，但它對未來美好的想望遠遠超過了它的哀傷。

那天的黑夜還沒有來臨呢，這只瓠瓜就被它的栽植者從藤蔓上剪了下來，當晚作成了美味的菜餚。

這只瓠瓜死了，一場美夢成空，但還有別的瓠瓜，別的瓠瓜的種子也會繁衍壯大，所以瓠瓜永遠不會滅絕，一年又一年，瓠瓜一族終會昌盛於廣闊的大地。

瓠瓜萬歲！

三維向度的生命

這四棵松樹，我一連畫了兩個早上，完成了嗎？

所有的作品都是未完成的。

當時，我一直想著蒙德里安（Piet Mondrian, 1872-1944）畫的那棵樹，他那時正站在立體主義的門檻上，後來走立體主義路線的布拉克（Georges Braque, 1882-1963）也畫了不少的樹。

畫樹的同時我也思考著樹的生命—

樹的生命是三維向度的，向下、向上與橫向—

向下，以求取生命之立足與生命之所需。

向上，以求心靈的提升與超越。

橫向，與它者的聯結與交流，但也是對它者的侵吞與毀滅，以求自我的壯大與存續。

樹如此，人如此，凡含靈眾生莫不如此。

木棉樹

　　每年春深時節，木棉樹綻放得如火如荼，一朵朵木棉花像極了倒掛著的、黃橙色的羽毛球，碰然一聲，它們紛紛墮地爆裂開來，露出顆顆栗黑色的種子。

　　雀鳥們為之瘋狂了，牠們呼朋引伴，在木棉樹下開起了嘉年華會，享用了取之不盡的花籽之後，又一隻隻飛上枝梢，唧唧喁喁地唱起了歡樂頌。

　　我沈醉在這首欣悅的春天奏鳴曲裡，忍不住信手畫了一幅〝木棉樹上的百鳥大合唱〞。

烏桕樹

一隻椿象正在享受牠的無限暢飲，
還有第二隻、第三隻、第四隻……
老烏桕樹遍體是斑斑的傷痕。

「您承受得起這樣的損傷嗎？」我憂慮地問它。
「無妨，你看，還有螞蟻在我身上築室而居呢！」
它微笑著，抖了抖身上的枝葉。

我仰視著它─
它的面容愈趨蒼老了，
而枝幹卻愈來愈高聳而壯碩。

樹上之樹

一棵鹿仔樹，為了躲避小鹿的啃食，跳上烏桕樹的懷抱，
它在烏桕樹的懷裡植根，發芽，成長。

有一天，烏桕樹實在忍不住了，它溫柔地對鹿仔樹說：
「孩子，你不該來這裡的，你應該回到屬於你的大地。」
「可是，小鹿會把我的葉子吃得精光。」鹿仔樹回答它。
「那是你必經的考驗啊，一旦你通過了考驗，你將成長為
一棵大樹，在我的懷裡你永遠沒有長大的機會，更何況─」
「如果久旱不雨，你很快就會枯死的。」烏桕樹憂感地說。
「來不及了，我的根已經植在這裡了，拔去我的根，我也
一樣活不下去。」鹿仔樹悲傷且無奈地回答。

當上帝偶而經過這裡時，祂會為小樹灑下一陣急雨。
直到有一天，上帝把它帶走了，移種到天堂。

蝴蝶與花

「唉，朋友，你的翅膀破了─」
花對蝴蝶說。
「走過了一段滄桑的歲月，你不也一樣嗎？」
蝴蝶回答。

芙蓉花床

每當刮風下雨的日子，總在心裡嘀咕著——
蝴蝶都去了哪裡？可有躲風避雨的地方？
我撐著傘四處尋找，卻尋不著它的蹤影。

今日在和暖的陽光下，我赫然瞥見了它——
它酣睡在美麗的芙蓉花床，正作著夢呢！
夢見了在金秋時節悄然飄落的一片枯葉？

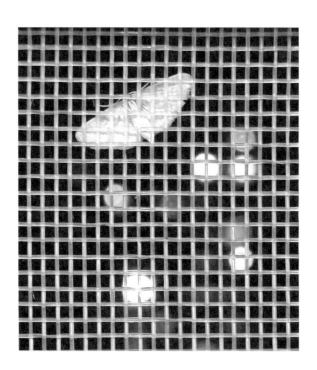

春天奏鳴曲

夜蛾

一隻夜蛾停駐在我的窗紗外。

「嗨，需要我作伴嗎？」牠語氣輕柔地和我打著招呼。

「如果可以，當然好嘞！」我回應牠。

這時我突然想起另一隻夜蛾，我生命中的老朋友—

「如果可以的話，講一些故事給我聽好嗎？關於貓頭鷹、流浪者、森林、高山、溪流、港口、沙漠、星星……」

我熱切地請求牠。

「對不起—」牠打斷我的話：

「我的世界很小很小，我住在一座小小的花園裡，我不知道什麼貓頭鷹、流浪者，也不知道森林、高山、溪流，但是我認識很多很多的小花。」

於是牠講起了小黃花的故事，小紫花的故事，小白花的故事，還有喧鬧的冠花……。

第二天，當我醒於晨光中時，窗外的夜蛾已不見了蹤影。

花的訪客

「小蜜蜂，你怎麼又來了？」

「你認錯了，我不是小蜜蜂，我是大熊蜂。」

「啊，真對不起！」

「我又渴又餓，能不能讓我啜飲你的蜜汁？」

「歡迎，歡迎，無限暢飲。」

大熊蜂來了一個倒栽蔥，牠把頭伸進百日菊的心湖。

過了一會兒，牠抬起頭，呃呃嘴。

「謝謝你的招待，我要告辭了。」

「你要去哪呀？」

「回家啊！」

「在你回家之前，能不能幫我作一件事？」

「什麼？」

「帶一件禮物給隔鄰的那朵小黃花。」

「什麼禮物？」

「瞧！禮物都已經在你身上了。」

於是大熊蜂飛往另一朵小黃花。

在那天的上午，牠一共拜訪了十二朵小黃花。

流動的盛宴

生命是一場流動的盛宴──
在鑼鼓喧天、酒酣耳熱之後，
我們各自東西，消失於山谷遍處。

藍天使

看見牠自天際冉冉而降，
停駐於綠色海洋的波心，
我想起一位哲人說的：
上帝對自己最寵愛的人總是及早召回，
其次寵愛的呢？
祂總不忘派出信差時時探望，
這位信差的名字叫作〝憂苦〞。

我問牠：這回你帶來的是什麼訊息？
除了憂苦，還有什麼？
還有寂寞與孤絕、空虛與絕望─牠說，
啊！上帝全都知道，祂事事了然於心！
一陣感動，正當我要舉步向前─
這藍天使，剎那間消失在眼前。

黑天使

「啊！黑天使，你不要過來！」

「為什麼？黑天使不也是天使嗎？」

「黑天使是壞天使！」

「才不是呢，白天使帶來好消息，黑天使不是壞天使，只是會帶來壞消息。」

「那麼你帶來什麼壞消息？」

「明天他們會來除草，將把你們殺得片甲不留，只留下那些被種在塑膠花盆裡的乖乖牌。」

「哼，這種事已經發生過無數次了，但我們赤查某還不是重新站了起來。」

「佩服！佩服！那麼我先告辭了。」

「喝幾口花蜜再走嘛，謝謝你告訴我這壞消息。」

大熊蜂

清晨，一隻大熊蜂攀在花簇上不動，黃昏時牠仍停留在原處。

翻查過資料：大熊蜂的生命週期是 28 天，原來這隻大熊蜂在等待著被上帝召回。

我到處尋找上帝，祂站在一棵樹下。

「不公平！太不公平了！」我對上帝說。

上帝笑著問我：「什麼公不公平？」

「為什麼大熊蜂只需要活 28 天，而我們人類卻要活好久好久，長達好幾十年呢？」

「因為大熊蜂的生命很簡單，只有工作和睡覺，所以我只要求牠停留 28 天就可以回返天國了。」

上帝皺著眉，繼續說：「而你們人類哪，除了工作和睡覺，還要發呆、旅遊、哈拉、上網、打架，吵嘴、戰爭、放暗箭、開會、打牌、大吃大喝 …… 週休二日，所以你們得在下界多留些時候啦！」

上帝的話令我羞愧，因此我下定決心要學習大熊蜂，每天勤奮工作，不再虛耗生命。

這裡沒有戰爭

在燦明的晨曦中，四隻小螞蟻停駐在一朵小黃花上。
小黃花昨日才盛放著，而今日已然凋萎收合了。

睹此情景，心中現出白居易的〈對酒〉詩—
　　蝸牛角上爭何事？石火光中寄此身；
　　隨富隨貧且歡樂，不開口笑是痴人。

第一句原典出自《莊子‧則陽篇》，謂蝸牛的一對觸角上各有一國，觸氏與蠻氏，觸、蠻兩國為了土地而終年爭戰不休—《莊子》這則寓言，經由白居易之採用入詩而發揚光大、深中人心。

首句言空間之促狹，次句言時間之暫瞬，謂人寄存於此促狹之空間與暫瞬之時間中，何其微渺且不永常，有什麼好爭的？有什麼好在意的？不如安時處順，笑口常開。

任誰都知道此理，但這個世界明明就是烽火遍地、凶暴橫行。

觀此四蟻小組停駐在殘花上，如此地安靜，我忍不住好奇—
「小螞蟻，你們是為何而來呢？」
「我們正在享用著花的蜜汁呢！」

這裡沒有戰爭。

生命的悲劇與喜劇

昨晚驚醒，望著窗外驟密的風雨，心知不妙。

今晨急急走進公園，眺望左邊第二棵樹的高枝，巢沒有了！

母鳥驚惶憂傷地呆立在空枝上，樹下躺著兩隻雛鳥，沒有了氣息。

我把兩隻雛鳥埋在樹下，牠們倆從出生至死亡未曾離開過的樹下。

想起希臘智者的名言：

生命中最美好的事是不要出生，但若既已不幸出生了，那麼其次美好的事就是及早離去。

我願把上言獻給這兩隻夭折的小鳥。

蟬蛻

這就是所謂的死亡？
死亡何曾減損？
死亡何懼之有？
牠高升了，
在枝梢的濃蔭裡唱著歌！

上帝的手

「你明白自己存在的處境嗎？」

「是的，清清楚楚，明明白白。」

「關於你的來處？」

「是的。」

「關於你來此的目的？」

「是的。」

「關於你的去處？」

「是的。」

「你不會恐懼嗎？不會憂慮嗎？有時也感到孤寂難耐？」

「確實是的。」

「那麼，讓我來助你一臂之力吧！」

上帝正要伸出祂的手，牠卻消失在山林中。

黑冠麻鷺的禮物

今晨收到黑冠麻鷺送給我的禮物，
一個沈默的禮物，靜靜地擱在路上，
一條我必經的路，牠總是知道的。

我欣然收下黑冠麻鷺送我的禮物，
這禮物不含人世間的計算，
只是一隻有情的鳥，一個有情的人。

我把黑冠麻鷺的禮物插在帽沿上，
啊！樹梢閃著光，微微地顫動著，
牠停棲在濃蔭深處，瞅著我笑呢。

雛鳥離巢

在烏桕樹主幹的分枝處，來了一位不速之客，是一隻羽翼未豐的金背鳩幼雛，稚氣得可愛。

今晨是牠的第一次離巢飛行吧？牠從枝梢的老巢飛下來，卻無力飛回原本的高處，只得暫且坐臥在離地兩公尺高的枝椏上，觀察著，等待著。

我左顧右盼：這是誰家的孩子哪？一副聰明伶俐的模樣。

我想起年幼時的自己很喜歡爬樹，像隻猴子似的，一路上行，很快就攀升到樹的高處，但卻無力下樹，蹲坐在大樹的枝椏處很久很久，直到蘊蓄了足夠的勇氣，才砰地一聲從樹上飛躍而下。

我背對著牠，示範給牠看太極十八式中的〝飛鴿展翅〞，我展翅又展翅，終於聽見身後拍、拍、拍幾聲拍翅響，回頭一看，牠已經漫步在草地上啄食了。

待會兒吃飽了，小傢伙就有力氣飛回枝梢上的老巢了。

在那高高的枝梢上

在凜冽的寒冬中，羊蹄甲依然不改其習性，穿著層層疊疊的綠衣，綴著朵朵艷麗的紅花，笑著，鬧著。

穿行過落紅小徑，一排佇立有序的落葉喬木被寒冬脫去了衣裳，露出枯瘠的枝幹，寒士自有其風骨之美，而且寒士的胸懷—那些平常隱匿在綠蔭中的祕密，現在也都坦露在凜冽的寒風中了。

原來如此，樹梢上有一個碗狀的鳥巢—
「是你的家嗎？」我問在草地上啄食的雀鳥。
「那麼高！哪會是呢？」牠漫不經心地回答我。
是喜鵲的家吧？坐在那麼高的樹梢上，多麼好的瞭望點啊！遠離塵囂，極目處會是一幅怎樣的光景呢？
我願翅膀生肩上，學那喜鵲飛翔。

鳩鴿之將亡

　　清晨行經公園草地，見草地上有三隻鳩鴿，牠們呆立不動，偶而低頭啄食地上的草籽，人類的腳步來來去去，卻不能讓牠們為之驚飛。

　　我覺得奇怪，走近前去觀察了一會兒，原來其中的一隻癱臥在地，牠正在一點兒、一點兒地死去，沒有驚惶之情，也不作悲鳴之聲（Mourning dove，西方人稱牠們為悲鳴鴿），牠沈默而祥和地等待著死亡的將臨。

　　另兩隻鳩鴿呢？牠們不離不棄，守護著將亡的同伴。

　　瞧！那隻調皮搗蛋的小狗阿福來了，阿福平常總是喜歡追咬草地上的鳩鴿，但這次牠遠遠地望著鳥兒的鐵三角不敢走過來，最終還是默默地退去了。

　　我知道了！

　　這兩隻鳩鴿是在守護著將死的同伴，讓同伴能夠優雅地、有尊嚴地離世。

　　我曾經看著在天空翻飛、在樹梢蹦跳的鳥兒，歡喜地說：我願來世作鳥！但身旁的朋友總會潑我一盆冷水：「不可以這麼發願，你知道作為一隻鳥多麼憂苦嗎？牠得經受風吹、雨淋、病痛、人類的網罟……。」

　　但為人的憂苦難道及不上一隻鳥嗎？鳥兒低頭一啄食，舉

翅一高飛，便可飽滿生命之所欲，而人類呢？辛苦一生，卻永遠也填不滿生命之黑洞。

因此我還是想作鳥，尤其看見了草地上的這一幕，我深信鳥也是為神所鍾愛的族類。

當然，我不要作籠中鳥，我要作自由的鳥。

即使是自由的鳥，不也被困在這生命的網罟裡嗎？就像草地上這隻垂死的鳩鴿。

是啊！當牠閉上了眼睛，便飛出了這生命的大網。

我想：下午再去一趟公園吧，收埋牠的遺羽，牠那有情有義的同伴們無能於此，而身為人類的我卻能為牠作到。

妙妙

錢鍾書說：女人是貓。

夏目漱石說：吾等是貓。

羅西尼說：貓是天生的歌者。

齊果爾說：貓在，又似貓不在。

禪師說：貓是禪者。

貓說：妙～妙～

如如

在春寒中，我拎著小鋤頭，獨自走上山丘。

猛一回頭，那隻名叫〝如如〞的老狗 竟然默默地伴隨在我身後，我一陣感動，心想——

海會枯、石會爛、山會倒、人的心變幻莫測，而如如——

嗯，這隻老狗看來是不曾洗過澡的，不管了，我緊緊抱著牠，牠輕搖著尾巴。

不知何時，牠又默默地離開了，回到牠的主人那裡。

一年之後，如如回到了天堂。

笑

總是反覆想到書中讀到的一段文句—

只有高等生靈與低等生靈，不會因為看見有趣的人事物而笑。

試想著—

我若無意間反穿了外套，誰會哈哈大笑呢？

佛陀與先知不會，蝴蝶與甲蟲不會，但被逐出伊甸園的人類會笑。

什麼是有趣的人事物呢？那是屬於〝文化〞的範疇。

有另一種無聲的笑，不是因為看見了什麼有趣的人事物，純然是出於生命的歡愉，由內心油然湧出的幸福感。

瞧，這隻狗兒笑得多麼燦然哪！

牠的笑，是開在山丘上一朵稀世的奇花。

牠用鼻頭輕輕地觸著我的手肘，我伸出手撫摸著牠的額頭。

牠的笑容更是香氣四逸了。

獨自

你見到了今晨的朝陽嗎？

我無法形容它的美，除非你親眼目睹。

哥德說：看得見美的靈魂，往往踽踽獨行。

我是幸運的，我在公園，獨自一個人。

我聽見了！也看見了！

當我佇立在一棵樹下時，我聽見了三種不同的鳥鳴聲。

我漫步在草地上仔細搜尋著，發現了至少 19 種野生植物，有的知其名，有的不知其名，但有什麼關係呢？ 只有人類才需要名字，而且人類不是因此而被逐出伊甸園的嗎？

成群的紋白蝶在我眼前飛舞，牠們逐一拜訪著草地上的野花。

你見到了午後的陽光嗎？

我無法形容它的美，除非你像我現在一樣，獨自坐在公園的長椅上，數著鴿子。

午後的陽光

它輕輕挪移著腳步—
唯恐驚擾了蟲子們的酣眠；
從濃蔭中傳出輕靈的剝啄聲
—隻雛鳥即將於午後誕生—

春天奏鳴曲

後 記

　　本書在時間上的跨度是 2016 年至 2020 年，在空間上的足跡則是歐洲（書封映目翠綠的植物貓眼草，攝自比利時魯汶小鎮的花園）、美洲（美國東北部之新英蘭區與紐約大都會），而最多、最常的畫面與靈感乃是得自於我素所遊息的台灣竹苗兩地山區。

　　薩古魯（Sadhguru）問——
　　你來此，是為了體驗生命呢？還是思考生命？
　　我想了想，如此作答——
　　我的前半生純粹是在思考生命，而現在呢？既在體驗生命，也在思考生命。

　　雖說生命無跡可循，但我終究還是留下了少許的足跡，那是我對生命的體驗與思考。
　　「為什麼此書定名為《春天奏鳴曲》？」朋友問。
　　「因為我正處於寒冬之中。」
　　那時我在想著詩人雪萊，在西風橫掃天地之際，他說——
　　〝冬天已經在這裡了，春天還會遠嗎？〞

關於 B7272 小行星──

　　沒有人是孤單的，因為每個人都擁有一顆屬於自己的星星。我的星星是 B7272 小行星，它在遙遠的宇宙深處，不，也許並沒有那麼遙遠；有時我中夜醒來，醒在空虛與絕望裡，我的星星總會在瞬間穿越夜空，與我目光相接，那時我就會明白：我以為從我生命中所流失的一切，其實並沒有遠離我，一樣不少，全在我的 B7272 小行星上等著我，那是我的來處，我的歸處，我靈魂的祕密基地。

　　在湛藍而神祕的星空上，我已掛上了七顆星星，它們是──
　　《園丁鳥在唧喁》
　　《金背鳩奏鳴曲》
　　《會飛的房子》輯一
　　《會飛的房子》輯二
　　《夢裡尋夢》
　　《無弦之歌》（與張淑勤合著）
　　《幻想之翼》（與張淑勤合著）
　　當您悠遊於宇宙星空時，或可在此停佇片刻？

　　現在，星空上又增添了第七顆新星，它吟唱著一首春天的曲調──
　　《春天奏鳴曲》

作　　者　郭鴻韻

編輯設計　賴麗榕

版　　次　2021 年 01 月一版一刷

發 行 人　陳昭川

出 版 社　八正文化有限公司

　　　　　108 台北市萬大路 27 號 2 樓

　　　　　TEL/ (02) 2336-1496

　　　　　FAX/ (02) 2336-1493

登 記 證　北市商一字第 09500756 號

總 經 銷　創智文化有限公司

　　　　　23674 新北市土城區忠承路 89 號 6 樓

　　　　　TEL/ (02) 2268-3489

　　　　　FAX/ (02) 2269-6560

歡迎進入～

八正文化　網站：http://www.oct-a.com.tw

八正文化部落格：http://octa1113.pixnet.net/blog

國家圖書館出版品預行編目 (CIP) 資料

春天奏鳴曲 / 郭鴻韻作 . -- 一版 . --
臺北市 : 八正文化有限公司 , 2021.01
　　面；　公分
ISBN 978-986-99608-1-6 (精裝)

863.55　　　　　　　　　　　109020274